백양사의 인경소리

백양사의 인경소리

법공 스님 지음

대양미디어

소중한 인연을 갈무리하며

언제부터인가 천도재를 지내고 난 날이면 새벽마다 문고리를 잡고 흔드는 느낌을 갖습니다. 문득 방문을 활짝 열고 바라보면 어둠 속에 기다리던 바람만이 훅— 하고 방안을 기어듭니다.

천수경과 금강경을 독송하고 영가의 왕생을 빌 때 바람이 자는데도 풍경소리 남다르게 우는 것을 듣습니다. 세심한 것이 아니라 다른 이가 듣지 못하는 것을 듣는다는 말입니다.

어떤 새벽에는 서늘한 그 느낌에 깨어나 법당에 올라가 앉아 명상에 잠기면 인연으로 왔던 분들의 허상이 다가옵니다.

"보살님, 거사님, 무슨 말을 하고 싶으세요."

"스님께 감사드리려고, 마당가에서 기침하시길 기다렸습니다."

"내가 너무 잤나봅니다."

대숲에 이는 바람소리 듣다보면 우리 인간세상의 소리처럼 재미있고 슬픈 이야기도 들립니다. 그래서 저는 많은 불자들에게 고요

명상을 따르라는 이야기를 자주 합니다.

이 책은 섬마을 신흥사에서 부처님 밥을 얻으면서 인연 따라 만나고 인연을 짓게 한 발심 동인을 하나하나 짚어가며 모은 시편들입니다. 그래서 사유가 길고 마음을 여는 깊이가 제1시집의 이야기하고는 다를 것입니다.

찬불가 원고도 30여 편 함께 수록할까 하다가 최근에 작곡이 나온 몇 작품만 가려서 넣었고, 유년시절부터 아픔을 이고 온 외로움은 모천을 회귀하는 언어처럼 불교라는 인연을 만들며 극복한 삶의 여정을 잊지 않으려고 적기도 했습니다.

지난 10여년은 나를 찾아 떠나는 구도의 시간이었습니다. 많은 제방큰스님을 만났고 제게 맡겨진 전법포교의 책무를 알고 그 자리를 찾아 인연 따라 머무는 곳에 앉았습니다.

특히 청소년 어린이법회가 80연대를 지나면서 사찰마다 대부분 폐지되면서 미래 불교의 위상마저 흔들리게 되었다는 원로원의 지적을 듣다보면 자다가도 일어나 포교자료를 정리하고 인연지어 만날 청소년들과 불자가될 불특정 다수의 시민들을 안아줄 방편을 생각합니다.

한·일 불교문화교류와 한·중불교문화교류, 청소년 상호 교류 사업을 통해 청소년들에게 호연지기와 대륙기질을 배우게 하는 것도 미래의 새싹 포교의 방편이라 생각했습니다.

나물 한 종지를 사면서 감사의 말을 전하고, 오이 한 무더기를 사면서 고마움을 말하고, 법당에 들어가 기도하는 처음 온 할머니에게도 손잡아 신발 신는 일을 돕는 것도 절을 집처럼 찾아오게 하는 일

임을 압니다.

길가에 뒹구는 개똥 한 무더기도 길가 민들레의 꽃을 피울 수 있고 망초 꽃의 하얀 꽃 대궁을 만드는 자양이 됩니다.

이 시집을 통해 또 다른 불교의 인연을 맺는 길이 열린다면 감사하겠습니다. 소중한 인연에 감사드립니다.

불기2560년 5월 25일 아침

지은이 법공김화 스님

| 차 례 |

제1부
바람이 알려준 길

제3부
뜰 앞의 배롱나무

제4부
살며 사랑하며

제5부
대숲에 이는 바람처럼

제1부

바람이 알려준 길

산 책

길 따라 나섰더니
따라 나서는 인연 적지 않다.

발에 채어 일어나는 돌멩이
부스럭거리며 일어서는 가랑잎
길옆에 둥지 튼 새
무슨 일 일까 힐끔힐끔
솔바람은 졸졸졸.

숨길 것도 없고
보일 것도 없는데
보이라 한다.

소쩍새까지 먼 걸음으로
살짝살짝
뭘 보이라는 거니?
마음 스산한 늦은 봄.

개구리

스님들 동안거冬安居 해제하시는 날
빨래하시고 마당 쓸고
부처님 도량
쌓인 눈도 다 녹고
마당가에 쑥도
삐죽 뾰죽 움을 틔웠다.

봄비 한나절 내리더니
긴 겨울잠 자던 개구리들
대중이 함께 모여
대웅전大雄殿 연못에
사시예불 경經을 읽고 있다.

새벽기도

이제 가슴을 엽니다.
인연 소중하게 간직하겠습니다.
부처님 만난 인연
스님 만난 인연 감사합니다.

문득 마음이 서러워 달려간 부처님
어둠이 걷히지 않아도
조용히 손 모으고 명상 하다보면
가슴 가득히 안겨오는 행복감
그래서 관음觀音의 가슴이 그립습니다.

마음이 가난하여
통성기도로 가슴 여는 보살菩薩님들
눈물 가슴으로 삼키시는 거사님
바다에 빼앗긴 사바娑婆의 인연
기도로 회향하면 될까요?

이제 가슴을 여세요.

범종소리에 깨어나
미망의 혼 불 다시 지펴도
기도의 소망은 간절한 것

어둠의 하늘 밝아져
내 영혼의 기쁨 만날 때까지
하늘에는 영광의 빛
수미산須彌山을 감싸고 있어요.

불가佛家의 인연因緣

유년시절幼年時節 부모님 여의고
이모姨母님 슬하에서
배움마저 어깨너머로 익혀야 했던 시절
'화야 너, 절에 가 살 생각 없니?
무심코 던진 이모의 말 한마디.

벽산 대화상大和尙에게 계를 받고
석주스님께 대각심大覺心이라는 불명佛名 받으신
이모의 말 한마디

스님들 일상 살피고
불교행사 쫓아다니며 스님들 우러러 모시던
삼보三寶 앞에 서면 늘 작아지던 내 모습
그래서 인연 만나기 어려웠던 산문山門이었다.

바닷바람에 심연深淵이 열릴까
완도의 해풍海風에 관음의 가피 얻을까
기도祈禱로 하루를 열며
엎드려 부처님 그늘에 앉아
이승에 온 인연因緣 생각합니다.

등燈을 밝히며

삼보三寶에 귀의해
신앙생활 하시던 거사님 보살님
속가인연俗家因緣 다하여 가실 때
손 잡아드린 인사

삼베 수의壽衣 곱게 염하여
입관入棺해 드리고
천수경千手經 일독으로 극락왕생極樂往生 빌고
우란분절에 등 하나 켜 드리는 인연

올해도 지장전地藏殿에 12개
명부전冥府殿에 7개
열반涅槃의 언덕을 넘어
해탈解脫의 바다에 쉬고 있을 분들

촛불의 하얀 눈물 바라보며
이승의 인연 기억記憶합니다.

찬불가讚佛歌

백 명의 포교사布教師보다 귀한 찬불가讚佛歌 한편
교리와 시대상황 경쾌한 리듬
어떻게 만들까

가사를 지어놓고도
작곡가作曲家가 의미 잘못 해석하면 어쩔까

찬불동요도
찬불가, 권불가, 합창곡合唱曲과 가곡가사에까지
목욕재계하고 다듬고 고쳐 쓰기를 수 십 번
부처님이 게송으로 들려주시고
비유로 말씀하신 수천수만 편의 노래 말.

생애 허락하는 시간이 있다면
허망한 그림자를 쫓지 않고
부처님 찬탄讚歎하는 노래 만들고 싶다.

나무 관세음보살

유년시절 부모 없이 자란 고아
불가의 종자種子 될 수 있을까
탁발 온 스님 따라 갔던 용화선원.

큰스님 법문 듣고
발심發心하여 낯선 절에 들어가
밥 짓고 빨래하고
허드렛일 도맡아 했던 십 수 년

늘 감사하며 외던
'나무관세음보살'
인연에 감사합니다.
소중한 만남입니다.

엎드려 기도하다보면
환하게 밝아오는 부처님의 발광發光모습
친견親見합니다.

나무관세음보살.

어머니와 아버지

유년시절幼年時節 부모님 여의고
이모님 슬하에서 성장한 아이
육친肉親의 정 그리워 방황彷徨할 때
부처 출가담出家談 들려주시던 녹야원鹿野苑 '도안' 스님

내게 계율戒律을 주시고
아버지처럼 다독여 주셨지.

출가出家하려던 내게
이승에 혈육血肉 하나 남기길 소원하시던 이모
인욕忍辱을 물리치지 못하고
이승의 인연因緣 10년이 되어서야
아 아 부처님
당신의 품으로 귀의歸依할 수 있었습니다.

부모 자식간의 관계

윤회輪廻의 과정에 일어나는 업연

시절인연을 거슬러 윤회의 법식

기도로 회향해야 할까

새벽마다 별빛 스러지는 하늘을 봅니다.

깨진 목탁 木鐸

얼마나 울었을까?
얼마나 읽었을까?

부처님의 말씀
큰스님의 지혜
반갑고 너무도 감격해
울음 참지 못했구나.
몸이 깨진 목탁.

목이 긴 울대도
핏빛 성긴 가래를 삼키고
이제야 섬돌 아래 꽃 무릇 몇 그루 심었구나.

오색 딱따구리 한 마리
언제부터 목탁소리 울음 익혔을까
산 벚나무에 구멍 뚫어
목탁 울던 소리 감추고 있구나.

조계산 풍경소리

20안거 성만해도
법거량法擧量의 의심 솟아오르고
사유의 바다에
발자국만 헤아린다.

역대선승 활구법문活句法文
읽고 또 읽어도
불립문자不立文字 경계도 몰라
머리를 찧고
돌고드름 녹아
주춧돌 뚫는 소리에 놀라 상기한다.

은혜 가피 충만한 무차선대법회
은사스님은 걸승에게
추녀 끝 코 꿴 물고기
가리키며
바람의 끝을 잡으라 하신다.

허리를 잡고 잡았다 할 수 없고
머리를 잡고 처음이라 어이 하랴
풍경 우는소리에
문득 돌아다보니
동산 이엄 두 분 선사
주장자를 치며 웃고 계시네.

지수화풍 地水火風

이생에 사람의 몸 받았지만
인연 다해 내 몸
한 줌 거름흙이 된다면
옹골찬 박달나무가 되고 싶다.

비탈길에 작은 돌 움켜쥔
박달나무
가지가 다복하지 않아도
몸통 뒤틀려 자라도 좋겠다.

적당한 굵기로 자라면
염불하기 편한 무게로 잘라

맑은 소리 내는 목탁을 만들어 줬으면
내가 읽지 못한 경전
내 뒤에 올 스님들이 읽어
팔만대장경문 그제야 다 욀 수 있겠지.

내 몸 화목火木위에 태워져
몇 개 사리舍利 골라낸다고
그 사리가
가엾은 영혼 치유할 수 있을까

그러기에 한 줌
거름흙이 되어 나무를 기르는
자양이 되고 싶다.

땅에 뿌리 내리고
빗물 나눠 받으며 고운햇살과
시나브로 불어오는 바람 벗하며
목탁으로 깎일
아담한 박달나무를 키우고 싶다.

설중매雪中梅

눈웃음 피워 물고 하늘을 본다.
언 몸으로 비비는 매화나무
향이랴 꽃이랴.

오늘도
눈 시린 하늘
큰스님 다비 장 연기 사른 밤 그리워
풍경 우는 한낮에
눈물 꽃으로 경전을 적신다.

달마대사達磨大師 흘린 신발 한 짝
허겁지겁 주워들고
찾아 나서는데
동자아이가 다른 짚신 한 쪽
지팡이에 걸고 놀고 있구나.

황급히 떠나는 산문山門 아래에
이게 웬일인가
나의 그림자도 없네.

흙 피리

어제와 그제 그리고 글피
해와 달, 바람과 구름이 지나간 자리에
눈물 같은 소리이슬을 뿌려요.

눈물이 흙살을 촉촉이 적시고
그 눈물 머금은 흙더미가
여기저기 길게 누워 산줄기를 잇고

속삭이는 바람이 일 때마다
흙살을 털고 일어서는 그리운 목소리
아버지, 어머니, 할머니, 할아버지.

두근두근 심장 뛰는 소리
고개 숙인 나무들이 따라 부르는
대숲에 일렁이는 저 바람소리.

가슴속 깊은 계곡에 숨겨둔
이 땅의 어머니가 삼키던 울음소리도
뒤척이며 깨어나요.

흙 피리,
황토 빛 흙 피리가 잠을 깨워요.
바람과 빗방울 스며든 흙을 깨워요.

초발심자경문初發心自警文

공군부대에서 군 복무 마칠 무렵
'초발심자경문初發心自警文' 주시던
군종감軍宗監 법일 큰스님.

석 달 동안 72번을 읽고
오묘한 진리 발견하고
대장경大藏經 읽기 시작했던 나

지수화풍地水火風의 인과물因果物 처음 알았고
내가 온 길과 갈 길
확연히 알게 되었지.

불서佛書 한 권의 가치
활인의活人醫의 길이 될 수 있고
중병을 고치는 약이 될 수 있다는 사실
선사禪師들의 발자국을 세며 발견했지.

허망한 그림자

'스님은 속가에서 뭐하다 오셨습니까?
'스님은 뭐 하실 줄 압니까?
'스님, 법납이 어찌 되십니까?
'스님, 연애 해보셨습니까?
'스님, 윤회를 믿습니까?

절에 찾아온 청소년들
상담하다 보면
고약하기도 하고 화도 나고
'버릇이 없구나.' 꾸짖을 수도 없고
온화한 얼굴로 눈높이에서 대답 준비하는 일
쉬울까?

가장 단조롭고 보편적인 질문
누구나 의심을 가질 수 있는 질문
대답을 듣고 법당에 가서

절을 하고 돌아서 나갈 때
다시 찾아와 합장 례를 하고 가네.

"잘 배웠구나. 또 와!"
"예 스님."
완도 신흥사 장보고 청소년아카데미
이렇게 만난 아이들이 법회를 이끌고 있다.

춘몽春夢

태백산太白山 밑에 대웅전大雄殿을 지었다.
우측 바위벼랑을 깎아 미륵불彌勒佛 세우고
일주문 옆에 연못도 팠다.
흐트러진 홍련백련紅蓮白蓮 피는 날
백고좌 법회를 열었다.

일산日傘을 세우고
큰스님의 법문 듣는 행렬
큰길가에까지 늘어서 있고
바라춤 추는 스님들
버선발이 학들처럼 나는 아침이다

스님들의 독경讀經소리
풍경소리
내가 지은 대웅전大雄殿
얼마나 좋은 지
일주문 사천왕四天王님들 손을 잡고 웃고 있네.

인연因緣의 발자국

모래 발자국이라도
뒤를 따르는 사람에겐 길이 되고
이정표가 된다.

사막에서의 발자국
한겨울 산길에서 만난 발자국
그 반가움도 마찬가지.

지혜 나눠주는 것도
길 알려주는 것도
첫걸음 걷는 사람에겐 중요하지.

매일 인연의 발자국 만들며
어제의 인연
다시 찾지 못하더라도
오늘 새 발자국을 만들어간다.

절하는 마음祈禱

엎드려 지극한 마음으로 참회懺悔합니다.
자비慈悲와 지혜 부촉 받아
문수대성文殊大聖의 지혜 증득證得하고
나아가 지혜 행을 닦아 보현보살普賢菩薩의
힘을 받겠습니다.

대자비大慈悲를 실천하시는 관세음보살觀世音菩薩님
쉼이 없이 중생구제의 행
실천하시는 지장보살地藏菩薩님.
십방삼세十方三世 제망 찰해로 얽혀 존재하는 미천한 몸
지극한 마음으로 귀의합니다.

시방삼세 제불諸佛의 가피加被 주소서
은혜하소서!

우란분절에

선망부모 추모하며 제 올리는 날
새벽에 목욕재계하고
바르게 앉아 인연으로 왔던 길
되짚는다.

과거에서 현재로 현재에서 미래로
윤회의 빗장 걸고
운수납자로 산 지 30여년
남은 것은 없고
부처님의 공안에서 눈물짓는다.

처처불상 이 땅이 불국토인데
해 뜨는 길목에서
어디로 갈까
머뭇거리던 시간이 내 생애라
제물 차려놓고
선망부모 극락왕생 빌어도
회한의 눈물만이 법복을 적시 운다.

제 2 부

그림자를 밟고 가는 해님처럼

벌치는 스님

경주慶州의 반월성 언덕에서
벌치는 스님
유채 밭 개천가에 10평집을 짓고
발원하시더니
5년 만에 큰 법당 준공하셨다.

법통만도 56개
2만 마리의 벌들이 통마다 운력運力을 통해
농사를 지어 법당法堂의 기둥을 세웠다.

목탁소리, 풍경소리
꿀벌 도반들은 2층 명부전冥府殿을 지으려고
올해는 지난 3월말부터 준비란다.

벌들은 전쟁戰爭을 나가는 호국승병護國僧兵들처럼
비장한 얼굴인데 스님은
부처님 되어 금강경金剛經만 읽으신다.

바람의 발자국

문이 있어 들어 온 일 없고
길이 있어 달려온 흔적 없다.

언제나 달려오고
달려가며
흔들고 날리고
한 번도 머문 적이 없다.

소리만 듣고
존재감만 느낄 뿐
새벽과 밤에 귀가하는 아버지처럼
이방인異邦人이다.

간혹 비 내린 장독대 위에
나무그늘 밑에
밟고 간 자국 흐트러져 있어도
물어보기엔 읽을 경전經典
많이 남아 있다.

혜통스님의 발심發心

'어머니는 죽어서도 자식을 찾는다.'

우란분절 스님의 법문
바로 신라 혜통스님의 발심發心 수행담修行談.

그 스님 속가에서 살 때
은냇골에 소풍갔다가
수달을 잡아 끓여먹고 뼈를 버렸다지.

다음날 아침 그 뼈
간 곳없고 피자국만 뚝뚝
나무 등걸 밑에까지 이어졌다지.

죽은 어미의 뼈가
다섯 마리의 아기수달을 안고 있는 모습
내가 보았어도 놀랐을 거야.

그 길로 부모의 사랑 깨닫고

삼보三寶에 귀의하여
큰스님이 되신 혜통스님.

누구나 출가동인出家動因 있지만
혜통스님의 발심동인
목숨과도 바꿀 수 있다는 자식사랑
세월이 일천하여도 끌 수 없는 인연의 불
활인불活人佛입니다.

경계 · 1

밤과 낮의 경계에는
고요와 적막의 바다가 있다.
새소리도 바람도
간밤에 흘린 이슬도 떠는 아침

대열반의 아침
끝이 아니라
새로운 시작이다.

경계 끝에 서면
사유의 바다가
다시 하나가 된다.
하나가 다시 둘이 되고
분화는 쪼개지는 것이 아니라
생산의 기쁨이다.

다시 시작되는 삶
윤회의 탈피가 계속된다.

허물을 벗는 구렁이가
그 껍질을 물고 햇살을 바라본다.

구름과 하늘과
빛을.

경계 · 2

백지위에 점(·)
하나
무슨 뜻일까?

은사스님의 화두 하나
백지위의 점(·) 하나.

대우주 속에 점(·)
그 하나가
바로 나로구나.

내가 세계를 보고
점(·)이
나를 보고 있구나.

가는 길이
그래서 날마다 새롭다.

솟 대

내가 가진 하늘
반쯤 나눠주려 했더니
나보다도 먼저 갯골언덕에 올랐구나.

하얀 배꽃 지고
살 오른 새우 육 젓 갈무리 하는 소래포구
새벽부터 시장 바쁘더니
석쇠에 올린 조개가 다문 입을 열고.

장승아비 말 할까 말까
조밭에 허수아비도 손짓만 허우적대고
수로를 따라 출항하는 어선의 어깨위에
갈매기들은 종종 걸음으로
앞서거니 뒤서거니
뒤따라 나서는 아침.

한 계절을 기다려도 오지 않는
서해 갯골언덕에

부역나간 지아비 기다리는 아낙들처럼
옹기종기 모여선 솟대

이제 하늘이 무거워
서낭대의 방울이 되어 앉아있다.

하늘 길

하늘 길 묻던 보살님
임종하시던 날
병동에서 환히 웃으셨다.

"스님, 저 부처님 곁에 갈 수 있을 까요?"
"그럼요. 부처님 가르침대로 사셨잖아요?"
"공덕을 더 쌓아야 하는데 욕심이 많았어요."

내 손 꼭 잡으시고
아미타 부처님 염송하며 눈 감으시던 보살님
서방영토 가는 길
노을은 붉게 타고
파도소리는 자고 있었지.

홀로 지어놓으신 수의를 입혀드리고
왕생극락 빌어 올릴 제
오십 견 통증 속에 살던 나
내 어깨에 뜨거운 기운 몰려와 편안해지는 느낌
'보살님, 보살님이시구나.'

장례식장에서 나오는데
입원하실 때
'꽃이 참 예쁘다' 하시던 동백나무 꽃
바람에 후-두둑 여섯 송이나 졌다.
그리고 또 한 송이.

문門을 바르며

문풍지에 바늘구멍 하나 내놓고
'황소가 이 구멍으로 들어오나 봐라!'
은사스님의 수행경문.

그 작은 바늘구멍
그 구멍으로
어찌 황소가 들어올 수 있을까

길을 가다 황소를 만나면
'저 놈이 바늘구멍으로 들어 올수 있을까?'
뿔을 보고, 대북 같은 배를 보고
육중한 네 다리도 살펴봤지.

화두참구
언제나 성취할 수 있을까
한 계절 바늘구멍만 바라보던
어느 날
마당가에 서성이던 멧돼지가

후다닥 바늘구멍으로 들어오는 걸 봤지.

놀라 넘어져 천정을 바라보니
어느새 그 멧돼지가 파리가 되어 붙어있었지.

아하, 마음이로구나.
모든 게 마음 안에 있는데
여태 속세의 인연에만 매달려 있었구나.

강아지

주인을 잃었나?
아니면 엄마를 잃었니?
절 입구에 앉아있던 강아지 한 마리.

'너 길을 잃었구나.'
그 한 마디에 졸랑졸랑 따라오던 강아지
접시에 물 한잔 따라주니 홀짝
공양 간에 들러
누룽지 물에 불려주니 허겁지겁 먹었어.

인연이란 참 요상한 것
밥을 먹고는
고무신을 안고 낮잠을 자는 거야.

그렇게 절식구가 된 '맹순이'
출타를 하려고 산문을 나서려면
칭얼칭얼 우는 그 놈.

'어서 들어가!'
그 한 마디에 물끄러미 바라보던 강아지
어느 날 부터인가
고무신 한 짝을 제 집에 감추는 거야.
그러면 출타를 안 할 줄 알고?

석주큰스님의 화두話頭

큰스님의 법문 듣던 삼청동三淸洞 칠보사
가끔 들려주시던 스승 남전선사 이야기
선사가 던져 주신 화두話頭
'마麻 삼근三斤.'

부모 잃고 방황彷徨하던 시절
뵙고 싶으면
먼발치에서 스님의 말씀 고개 숙이고 적고
돌아오던 그 날.

성인이 되어
군에 다녀와 찾아뵈었을 때
'자네 출가出家할 생각 없나?'
묻던 큰스님.

새로 만드신 '묘법연화경妙法蓮華經'
한 권 주시며
'인연 있으면 다시 만나겠지' 하시던 모습
그때 행자로 바닷가 암자에 유발 법사로 기거한다는 말씀
왜 드리지 못했을까?

세상이 두렵고
인연이 두렵고, 밟고 온 시절인연
어떻게 감출 수 있을까
마음이 가난하여 세상을 잃었는가 봅니다.

큰스님 가신 지 십 수 년
감로의 말씀이 사리탑舍利塔에 어립니다.

방생放生도량에서

해수관음보살 서 계신 언덕아래
숭어와 넙치 방어를 방생한다.
'방생하는 인연 맺었으니 잡히지 말고 살아라!'
마음의 기원 간절해도
모여든 성체 물고기들
방생한 어린 치어를 잡기 급급하다.

방생放生하고 사료 주다보니
이렇게 떠나지 않고
휴휴암 바닷가를 맴돌고 있는 것 아닌가?

'가거라.
이 바닷가는 방생도량이니 너른 바다로 나가라'
돌아보니 인간의 시절인연
무엇이 다르랴!

세끼 밥을 얻기 위해
바쁜 걸음 걸어온 우리 삶
지은 업식대로 다시 태어날 것인데.

마음공부

마음이 가난하면 말도 품격이 없다
행동도 거칠고
얼굴도 온화함이 없다.

'이 절 신심信心이 안 나서 못 다니겠네.'

마음공부 못 한 것이
절의 잘못일까?
절의 소임을 맡고 있는 수행자修行者의 잘못일까?

반갑게 맞이하고
마음공부 잘 하도록 묻고 지도해야 하는데
눈길이 미치지 못해
무릎 꿇고 절하는
발끝도 보지 못하는가보다.

화엄사華嚴寺사지 삼층석탑三層石塔

보물寶物 제35호 화엄사華嚴寺 3층 석탑
네 마리의 사자가 석탑을 이고
탑 아래는 석등石燈이 하늘을 밝히고 있다.

사바세계娑婆世界 용화세상龍華世上 보고 계신
우리 부처님
사자獅子들의 호위 속에 무슨 생각하실까?

총총 바라보다보면
이승이 저승이고
저승이 이승이 되는 사바세계婆婆世界
미륵 정토淨土를 밟는 기도소리
뎅그렁 범종梵鍾소리에
찰나刹那의 연이 끊어진다.

가장 행복한 약속

'스-님' 하고 불러놓고
무슨 일일까? 하고 다가가면
'스님, 제가 절 지어 드릴게요.'
'—아유 감사합니다. 나무관세음보살'

'스님, 전복농사가 잘 안됐어요.'
'스님, 사업이 어렵네요.'
'스님, 어족자원이 씨가 말라가요.'
그러면서 또 하는 말
'우리 스님, 절이라도 지어드려야 할 텐데.'

작년에도 절을 몇 채 짓고
올해에도 벌써 네 채나 마음에 지었다.
회향법회,
점안법회만 못하고 있을 뿐
마음속에는 대웅전도 짓고 요사채도 짓고
범종 각과 산신각도 지어놓았다.

언제 들어도 기분 좋은 말
'스님께 절이라도 지어드려야 하는데―.'

새벽 일찍 법당청소
밀고 닦고
밥을 지어 공양을 올리고
사시불공 마치면
템플스테이 무엇을 가르칠까

고무신 아침마다 닦아 엎어놓고
상담위해 찾아오는 섬마을 신도님들
손잡아 안아 들이면
문고리가 바르르 운다.

그래도 행복한 그 말 한마디.
'스님, 행자라도 들이시지요.'
'스님 손에서 걸레나 밥주걱을 놓게 해드려야 하는데.'
'절하나 지어드려야지.'

녹야원鹿野苑의 사리탑舍利塔

성북동 아리랑고개
굽이굽이 고개를 따라 오르다 보면
녹야원 지을 때 심은 오동나무
그늘 멍석 만들고
적조 암 인근의 아카시나무
꿀 향기 그윽했지요.

지학스님이 중창重創한 2층 법당法堂
지그시 바라보는 동암스님의 사리탑舍利塔
총무원總務院 부원장을 역임하시고
한때 정화개혁회의 이끈 큰스님
속가俗家의 누님내외 일찍 타계他界하시자
전답田畓 팔아 녹야원鹿野苑 터 사시고
절을 지어 어린 조카3남매 거두신 스님

도안스님 미국 관음사觀音寺 지으시고
송산스님 인천에 보각선원 지으시고
지학스님 녹야원 중창불사

큰스님 뜻 받들어 연꽃 심으시더니
아파트 숲이 무엇인가

큰스님 사리탑 중강, 중강 무너지고
그 자리에 지은 요양보호시설
도심의 큰 사찰로 자랄 터에
요양원의 기침소리 충만해 있구나.

큰스님 동치미국물 마시던
사철 샘솟던 돌샘
이제는 아카시나무도 사라지고
굽 높은 아파트만 우뚝
하늘을 부끄럽게 바치고 있습니다.

스님을 찾아온 개

제사음식 장만하러 시장 오가는 길
야채가게의 어미 진도 개
오가다 과자도 주고
떡도 주었더니
언제부터인가 먼발치에서도
컹컹 울며 꼬리를 쳤다.

그 해 여름 동네청년들
여름 보양식으로 그 개를 잡으려 했었나?
한쪽 엉덩이 불에 글리고
목에 철사에 감긴 채 절로 도망쳐 왔지.
텃밭에 상추를 따다
내 다리 사이로 숨어드는
참혹한 그 모습 안고 어르며
약을 발라주었는데
그날 밤 끙끙대며 새끼 세 마리 출산出産했지.
조산早産한 것이지만 탈 없이 잘 자랐어.

얼마나 잔인한 일인가

새끼 밴 어미를 잡으려는 인간백정人間白丁.

절에 놔두면 언제인가

죽음의 고통 또 맞게 되지 않을까

덕유산德裕山 암자의 비구니 스님

사연 들으시고 새집 주시고

산길 안내 견으로 소임을 맡기셨다.

파초芭蕉 한 그루

불경佛經에 등장하는 식물植物 중에 하나
길상 초와 망고에 이어 파초芭蕉
스님들 종이 없던 어린 시절
글씨 공부하던 나뭇잎.

대원사, 표충사表忠寺, 통도사에도
심어진 파초

그 옛날 믿음증표로
팔을 잘라 이 나뭇잎에 싸서
인가認可를 받으려 했던 중국의 선사禪師들
하나 둘 나타나자
신의信義의 상징으로 여기던 나무

불교에서는 그만큼 신성한 나무요
열대지방에서는 음식을 싸서 먹는
그릇대용으로 쓰이는 나뭇잎.

파초가 올여름에도 파랗게 자랐다.

하심下心

고부간 다툼으로 우는 시모
화를 다스리지 못해
대웅전 마루에 머리를 찧던 시부.

손자를 데리고 재혼한 며느리
딸만 낳고 만화책만 끼고 사는 며느리
하루 종일 컴퓨터 오락에
식사준비도 못하는 며느리.

마음 내려놓고
세상 넓게 보고
'우리말 익히려 애쓰는 모습이라 생각하시라'
그 말씀에 눈물짓던 시부모들.

욕심 내려놓으면
세상이 다 아름답고 인연 아름다운 것을.

제 3 부

뜰 앞에 배롱나무

바람 종

대나무 깎아 만든 바람 종
요사 채 장지문 앞에 걸어놓고
바람 맞으려했더니
풍경이 먼저 알고
구름밭 헤엄을 치며 웃네.

오는 사람 없는 저녁나절
일산을 이고 있는 해가
비스듬히 찻상 앞에 앉았다가 가고.

퉁 퉁퉁
뼈마디를 부딪치며 우는 바람 종
누굴 부를까
화두話頭를 놓고 정진하는 행자
감로천의 물바가지 깨지는 소리.

윤회輪廻의 사슬

출가出家 전 권농일勸農日 행사보시고
약자가 강자에게 먹히는 약육강식弱肉強食
생사윤회生死輪廻의 고통에 부처님 고뇌하셨지.

인과因果의 과보果報에 따라 윤회하는 진리
마음을 다스려
미래세상 준비하는 불법승佛法僧 삼보三寶에 귀의
선사禪師들이 가르쳐 온
육법공양六法供養의 방편.

연못가에 물거미,
물가를 나는 하루살이
그 미물微物을 채서 먹는 올챙이들이
다리가 생기고 꼬리가 떨어지고
개구리 되어 갯둑으로 올라와
구슬비속에 우는 소리
하루살이와 물거미의 몸이 변해 외치는
하늘의 소리다.

그 개구리를 삼키는 뱀
다시 그 뱀을 낚아채는 재두루미
며칠 후면 연못가의 개구리
하늘을 나는 재두루미 날개가
잿빛 날개가 되어 있을 것이다.

윤회의 수레바퀴
사바세계娑婆世界의 인연因緣이 다해도
돌고 도는 멈추지 않는 물레방아이다.

난 화분蘭 花盆을 치우며

애경사 의논하러 절에 오는 대중
그냥와도 될 것을
난 화분 들고 오는 분 많다.

생일 때 초파일, 우란분절. 동지
틈틈이 가져다 놓은 게 십 수 개.
아침마다 잎 닦아주고
가끔 물도 주고
비가 오면 창밖에도 내다가 적셔주길 바라는 화분.

꽃이 피면 대화도 하고
잎이 시 들면 혹여 물주기 잊지나 않았나
다시 보고
며칠 출타를 했다가도
걱정이 되어 황급히 달려오던 마음.

언제인가 난초蘭草 때문에
일을 만들고

근심을 만들고
조급한 마음 만드는 사실 알게 되었지.

봉사활동 잘 하시는 보살님과
청소년법회 도와주시는 거사님
선물로 드리기로 했다.
잎도 닦고 분갈이도 다시 해
절 마당 탁자위에 가지런히 내놓으니
시집을 보내는 아비의 마음이 이것과 같으랴.

향나무

계절이 변해도 언제나 변함없는 얼굴
고향 아버지와도 같은 몸

한줄기 향불을 피워
망각忘却의 강 지나는 영혼靈魂 불러 세우고
서성이는 인연 찾아보고
가슴에 품은 향기로
은혜로운 세상 만드는 힘
어머니의 손,
관음觀音의 가피加被입니다.

백년을 살아도
천년을 살아 인연을 되짚어 봐도
변함없는 충절忠節의 마음
예경禮敬의 마음
엎드려 절하며 향을 사룹니다.
향기香氣로 새벽을 엽니다.

다음 세상 저 늘 청청한
눈 향나무가 되어 바람을 맞는다면
태백산 갈반지
문수보살文殊菩薩 친견할 수 있을까

해우소解憂所

'근심 걱정 내려놓아요.'
사찰마다 작은 안내판
하루에 한 번 누구나 들리는 곳.

화장실이라 하면 어떻고
똥거름 모으는 곳이라면 어떤가?
내 몸에 잠시 담아두던
인연으로 왔던 공물
이 세상에 생존할 자양을 나눠받는 일

근심이 아니라
생존의 기쁨 나눠받고
나눠받은 만큼 다시 돌려주는 법식
가슴 헐떡이며 달려온 삶
그렇게 인연을 만들며
세상을 다시 그려갑니다.

금강경金剛經 읽기

열 번을 염송하면 가슴열리고
백 번을 염송하면 머리가 열리며
오백 번을 염송하면 하늘을 보고
천 번을 읽으면 부처님도 친견합니다.

금강 같은 진리의 말씀
가슴에 새기며
법회 마치고 귀가 하시기전에
다시 함께 읽던 금강경金剛經
백화 심 보살님 떠나시기 전에
금강경金剛經을 읽어 달라고 하셨다는데
화장火葬 후 사리舍利 52개나 출연하셨다.

보시행을 즐겨하시고
인간방생人間放生 잊지 않으시던 보살님
수미산須彌山 언덕아래 국밥집 짓고
고통 받는 사바세계娑婆世界 사람들 오면
밥이나 한 그릇씩 말아주겠다던 바람

이루어 지셨을까?

그 분 이승 떠나시던 날

회오리 돌개바람으로 하늘 길을 먼지바람으로 메웠다.

하늘사람들이 그만큼 많이 내려와

장례행렬葬禮行列을 따랐나보다.

고구마 순을 묻으며

절 마당 뒤편에 채마밭을 일궜다.
절 살림에 조금이라도 보탤 수 있을까
처음에는 깻잎과 상추, 치커리, 가지, 오이를 심고
이듬해에는 밭을 두 두락 더 일구어
고구마 순을 묻었다.

울력으로 시작한 일에
신도님들 퇴비도 넣어주고
소독도 자원하시고
땀방울 무게만치 열려
여름한철 싱싱한 밑반찬이 되었다.

터 넓은 빈 공간에
자족自足하는 절 살림
선사禪師들이 가르친 수행의 방편이다.

'O'

백지위에 'O'을 그려놓고
들어갈까 바라보니
커 보이고

'O'에서 나올까
바라보니
너무도 작아 보인다.

'O'에서 시작하는 마음
풀밭에 누워 하늘 보니
하늘이 'O'이다.

영혼靈魂의 불

맑은 바람이다.
태어날 때 켜 놓은
심지 작은 등불
창호지 바른 가슴 바람벽 안에 타고 있다.

달맞이꽃처럼 맑고
수정처럼 맑은 불
눈眼속에 활활 번뇌를 앗는 불

내 영혼의 불이
강을 건너고 있다.

명아주 지팡이

텃밭에 명아주 몇 그루 키워
늦가을에 뽑아 말리고
불에 굽고 갈고 다듬어
옻칠하여 다시 말리기를 아홉 번
명아주 지팡이를 만든다.

큰스님 굽은 허리 펴시고 걷게 되실까
먼 길 허리 두드리며 참배參拜오시는
노 거사님, 노 보살님
발이 되어 줄 수 있을까

봄이면 텃밭 이랑에 자라는 명아주
거름도 주고 물도 주고
가끔 잎도 따다 나물로 무쳐
밥상에도 올린다.
지팡이가 될 나물
명아주 지팡이.

부처님의 시간

부처님의 눈으로 보면
세상의 사물 모두가 하나
천지동근天地同根이라 가르치셨다.

부처님의 시간으로 보면
우리 인간의 삶도

하나의 찰나
유한한 것이 없다.

존재하는 것은
언제인가는 사라질 뿐.

뜰 앞의 배롱나무

한철 꽃 피워
절 마당 장엄하는 배롱나무

딱새와 참새들
스님의 목탁소리 맞춰 염불하고

지나는 구름도 후—두둑 후—두둑
천수경 외는 한나절

꿈속의 어머니처럼
노란 동박새 찾아와 배롱나무 그늘에서
스님을 엿보고 간다.

꿈

선정禪定에 들면
나의 몸은 사계절을 오가고
생각과 느낌과 말은
울림도 없이 꽃 들판을 경영한다.

속절없는 세월도
인연지어 만나는 발자국도

한줄기 바람일 뿐
목탁소리의 공명을 찾는 병아리
강아지 옆에서 졸린 눈을 감는다.

꿈을 꾸기 위해 선정에 든다.
까만 하늘과 언제나 살아있는 인연지은 사람들
그곳이 극락極樂이다.

물 한 방울이 바위 뚫듯

도를 이루는 일
하루아침에 이뤄지랴.

역대조사 선지식 말씀
익혀 배우고
일심으로 정진하여
정각에 드는 일.

한 방울의 물이 바위를 뚫고
이슬 한 방울이
바위틈 솔 씨의 싹을 키우듯
목표대로 행할 뿐
이승에서의 주어진 시간은
깨달음을 얻는 일

바위위에 정좌하고 기도하던 터
어느새 둥근 독수리의 집이 되었구나.

업경業鏡의 눈

옛 사찰 있던 자리
석탑石塔 무너져 있고
목 잘린 부처님은 앉은 채 삼매에 잠기셨다.

아, 인연복도 없어라.
망나니로 태어나 사람 목 자르던 자
다시 태어나서도 칼춤을 추더니
명분도 없는 삶
화가 났을까
부처님 목에 칼 겨누었구나.

경주의 남산에도
경기도의 석불 암에도 목 잘린 부처님

업경業鏡의 눈으로 윤회 수레바퀴 지켜보니
그 업장 두터워 망나니의 삶
하루살이의 삶.
이제 자벌레가 되어
목 잘린 부처
무릎 위를 기고 있구나.

마애불을 새기며

산신각 옆 바위벼랑에
바위를 다듬어 마애불을 새긴다.

바위를 쪼고 갈아
다정하신 부처님 얼굴을 그리고
몸을 새긴다.

쩡쩡! 울리는 정 소리에
종달새 와서 울고
파랑새 날아와 동백나무숲에 목탁소리로 지저귀고
마애불 미소 그리다보니
아, 생전의 어머니
어머니가 왜 바위 안에 계시나요?

어머니로 오신 마애불
합장하고 일어서니
풍경소리가 여기까지 찾아와 노래하네.

오동나무 심어놓고

텃밭 언덕아래
맏딸 낳고 심은 오동나무 세 그루
하나는 이불장 다른 하나는 옷장
세 번째 나무는 아이들 옷장
시집갈 때 만들어 주려고 심은 나무.

그 귀염둥이 아기 자라
유학 가서 박사가 되었어.
자식농사 잘 지었다는 소리 들을 만 했지.

그런데 족보에 올릴 사위 이름
아 난감해라.
코쟁이 노랑머리 혼례도 안올리고 동거하는 녀석
조상들 부끄러워 한숨짓다 덮었다네.

장승처럼 키 큰 사위 놈
족보도 모르는 놈
오동나무 한 그루를 베어놓고
한숨짓다 술만 들이키네.
조상님들 누워계신 종산의 마루 끝이 우네.

올빼미

부모와 살던 둥지
먹거리를 얻던 땅
너른 숲
태고太古 이래로 변한 것 없지만
하늘을 보는 눈만 커서
부끄러움을 이고 산다.

일광日光에 비친 세상
주검을 비추는 참선參禪
업業의 그늘을 찾는다.

제 4 부

살며 사랑하며

틈과 사이中

바다와 뭍의 경계
숲과 강의 경계
사이中가 우주다.

밤과 낮의 경계
삶과 죽음의 경계
그 틈聞이 천국이다.

하늘과 땅의 경계
해와 달과 별의 경계
눈目이 삶이다.

바람이 불어오는 길목
바람을 막고선 나목裸木
그 발꿈치에
고요의 틈이 있다.

산밤의 주인

포행布行길에 주운 알밤 두 개
익어가는 계절 바라보다
산사로 돌아오는 아침.

나를 따라온 바람보다
툇마루에 기다리고 있던 다람쥐
문득 다람쥐와 마주 선 채
서로를 바로 보았지.

"스님, 주세요. 제 거!"
"뭘?"
"……. 알밤!"
아. 그렇구나.
툇마루 끝에 살며시 놓고 돌아섰더니
두 알 모두 양 볼에 밀어 넣고
돌돌돌 나무를 기어오른다.

우주의 주인이 따로 있었구나.

아함경의 말씀

초기경전 아함경阿含經
부처님의 발자취를 읽는다.

비유와 설화
정직한 수행의 자취
고뇌와 번민 갈등과 이상
깨달음을 얻으시고 중생 제도에 일어서
묵묵히 걸어간 그 세월

2500여년이 지났지만 진리의 말씀
'자등 명 법등 명'
스스로를 깨우쳐 불도를 이루는 일
풀잎위에 이슬 마르듯
우리 인생 한순간이지만
부처님 법 만난 인연
윤회의 바다에서 감로수를 얻은 사유라.

부치지 못한 편지

미국유학을 하고도 취업就業이 안 돼
미군美軍에 입대한 불자 청년
시민권市民權도 얻고
대학원大學院 진학비용進學費用도 지원받더니
국제 변호사國際 辯護士가 되어 돌아왔다.

─자랑스럽구나!
─너 성공했구나.

그 말 왜 했을까
법회法會에서 칭찬의 말 한 것이 동기였나?
지난해 8명
올해는 9명 유학길에 갔던 아이들
조국의 간성이 아니라
미군이 되어 돌아오고
국제분쟁지역에 파견 소식 가슴을 친다.

이라크에서 온 편지
답장적어 주소를 적는데
사망死亡 통지서通知書 그 아버지가 알려주신다.
천도재 지내며 가슴을 치던 말
ㅡ자랑스럽구나.
ㅡ너 성공했구나.
관세음보살觀世音菩薩 꾸지람으로 들려왔다.

전투戰鬪

전투에서는 사람을 살리는 일보다
죽이는 일은 쉽다.
사상과 이념과 다르다고
정치소요政治騷擾에 아무런 관계없는 무고한 인명
함부로 제거할 수는 없다.

전쟁터에서는 명령命令과 시행만 있을 뿐
사랑과 자비는
내가 목숨을 포기했을 때만 가능한 일
베트남 전투에서 우리는 알았다.

포연砲煙 자욱한 숲과 늪지대에서
지독한 독충毒蟲에 물리다보면
이성도 마비되고
인간성마저 잃게 될 때가 있지.

누군가 남아서 지킬 고향
내가 아니라 살아남은 자
누가 여기서 원죄原罪를 범하고 갔는지
하늘을 보고 소리치겠지.

구름가고 하늘은 새날
전쟁의 구름은 오늘도 여기저기 휩쓸리며
전투기 몇 대가
독충毒蟲을 닮아가는
인간머리 위를 나르고 있다.

부상負傷 입은 병사兵士에게

최전방最前方 경계 근무 중에
적敵이 설치한 지뢰地雷에 다리를 잃은 병사
우리의 자식이고 이웃이고
동생들이다.

큰 부상負傷을 입고도
동료병사위해 사주경계 소리치던 너
장하다.

─저는 최전방最前方에서 근무해 보고 싶습니다.
─국가를 위한 국방의무國防義務 최선을 다하겠습니다.

늠름한 모습으로 입대신고 하던 너
법문과 정情으로만 가르쳤던 세상사
너의 용기만큼 잘했을까.

장하다.

너는 대한의 육군陸軍이었다.

너의 부상負傷이 나의 아픔이다

내 상처傷處다.

신도증

'신도 증 만들어야 해요?'
'만들 수 있으면 만들어야 하잖아요?'

하루에도 몇 번
전화로 묻고
오가는 길에서 묻고
신도증信徒證은 신앙인信仰人이라는 자랑스러운 징표徵標.

스님은 승려증僧侶證
신도들은 신도증信徒證
부처님을 믿고 따르는 일 부끄러운 가요?
'그건 아니고요.'

재적在籍 사찰寺刹을 두고
용맹勇猛 정진精進하는 자세
부처님도 반기실 거예요.

신앙信仰은 보여지는 활동이 아니라
내 스스로 자성의 길 찾는 것
허망虛妄한 그림자 쫓지 마세요.

나무 사리舍利

절 마당에 보리수菩提樹
목불처럼 늘 독야청청獨也靑靑 서 있더니
폭풍에 팔이 꺾여 그늘 넓히는 소임
팔월에 거두었다.

목탁소리 듣고 자라고
염불念佛소리 듣고 자라서 혹시나
'다음 세상 앉은뱅이 꽃 잔디로 태어나면 어쩔까'

방장스님 목욕물 데울 마지막 공양나무
소임을 정하니 마음 편하구나.
부처님 말씀. 천지동근天地同根
모두가 하나의 뿌리라 했거늘.
목불木佛이면 어떻고 불쏘시게면 어떠랴.

불쏘시개로 잔가지 밀어 넣으며
습관처럼 외는 천수경千手經
금강경金剛經, 관음경觀音經 다 읽어도
다비 장 아궁이에는 불꽃만 활활.

보리수菩提樹 목사리木舍利를 고를
긴 젓가락을 만든다.

천수천안관세음보살千手千眼觀世音菩薩

천개의 손과 눈으로
이끌어 주시고
살펴주시는 천수천안관세음보살千手千眼觀世音菩薩님.

격랑의 파도에서
삶의 고된 여정에서
한순간 절망絶望할 때
가피로 안아주시는 부처님.

엎드려 발원하지 않아도
관세음보살觀世音菩薩 염송하는 원력의 가피력加被力만으로
연화장 세계로 인도하시는 부처님.

지은 죄 수미산을 넘어
내생에 구천을 떠돌 사악한 살인귀殺人鬼라도
용서하시고 안아주시는 부처님

손을 잡고 나아가는 길
부끄럽지 않게 살기 위해
오늘도 기도로 아침을 맞습니다.

비로자나부처님

금강 지권 쥐고
금강경金剛經을 외며 '육자 대명 왕 진언' 염송한다.
'옴마니반메훔'
'옴마니반메훔'

여래如來의 가피加被
여래의 위신
하늘이 열리고 자연이 대답하고
바람이 향기로 다가와 안긴다.

일심으로 염송하는
진언眞言 행자들.

부처님의 가피 속에 올바른 삶
'옴마니반메훔. 옴마니반메훔.'
푸른 하늘이 열리고
깨달은 자만 볼 수 있는
서방정토의 미륵세상彌勒世上.

등신불

신라 성덕왕聖德王 19년 왕자로 태어나
당나라 때 중국 구화산에 들어가
스님이 된 김교각 스님.

75년간 남다른 이타행利他行과
중생교화 포살에
지장보살地藏菩薩의 화신으로 알려진 스님.
중국인들은 '신라 김교각 중국 지장왕'
지금도 그리 부르며 존경받는 스님.

좌탈입망하신 지 3년 만에
몸에 금물을 발라
등신불을 만들어 육신보전탑肉身寶殿塔에 모셨다지?

무궁화無窮花 꽃 좋아해
거쳐하시는 절 마당에 무궁화 심으시고
고향냄새 그리셨을까?

2007년 한·중韓·中 수교修交 15년 맞아
중국정부가 교각스님 좌상坐像 조성해
봉은사奉恩寺에서 점안법회를 했었지.
1500여 년 만의 귀향.

이 땅에 지장대성의 가피加被 충만해
불국토 실현될 수 있도록
손 모아 발원發願합니다.

보시의 은혜

농가農家 딸린 텃밭 653평
절로 바꾸면 어떨까요?
박하사탕 한 개 드린 옆자리 보살님.
완도 오는 버스에서 만난 보살님
조심스레 묻는다.

'남은 생 인연因緣있는 스님 모시고
불경佛經 외며 시봉하고 싶어요.'

'제자, 인연 만들어 드릴게요.'
찾아가 본 지리산智異山 외딴 산골짜기
다섯 가구 화전민火田民 살던 움집터.

천수경千手經 잘 읽는 성민 스님
혼자 수행하길 원하시던 그 스님
속가俗家의 인연 지은 일곱 식구
모두 교통사고로 잃은 스님.

사바의 업장 모두 소멸消滅하고
극락왕생極樂往生 빌며 수행 정진하시겠다는 스님
스스로 길을 닦고
스스로 담장을 쌓고 절을 지어
'대성암大聖庵' 이라 명명하셨다.

산골짜기까지 찾는 이 없어도
가끔 등산객들이 밝히고 간 연등
32개나
골짜기의 하늘을 밝히고 있다며 웃는다.

본생경本生經의 말씀

부처님이 들려주신 이야기
우화와 비유
사람의 근기에 맞게 설하신 가르침

세계 최대의 동화사전
팔만대장경八萬大藏經
이솝이 이 경전을 읽고 썼을까?
이솝이 들려준 이야기도 여기 다 있네.
많은 사람이 읽고 다시 쓴 원전 동화집
본생경本生經의 550가지 이야기.

말없이 흘러가는 구름과 물
한포기의 풀도
한 마리의 메뚜기나 사마귀도
태어난 인연
상하의 관계가 맺어지는 인연
모두가 업연의 관계로 태어나는 윤회의 과정
부처님은 동화童話로 깨우쳐 알게 하셨네.

노래로, 게송으로 일러주신 가르침
내가 온길 내가 가야 할 길
이정표를 일러 놓으셨지.
본생경에.

49제 지내던 날

임종하실 때
관음계송 염하시던 할머니
가신 지 49일 되던 날.

법당에 제 올리고
왕생극락 발원하며 툇마루 나서는데
까치 두 마리 툇마루에 놀다가
닦아놓은 내 고무신 곁에
떠나지 않는구나.

생전에 스님 고무신
주일마다 우물가에 가서 씻어
툇마루 끝에 엎어놓으시던 할머니
마음 그림자 남아
고무신 생각 나셨을까?
톡, 톡톡 뛰다가
다시 신발 가까이에 와서 노는 까치
나설까 말까
까치를 보다 법당에 들어가
할머니 초상을 다시 보았다.

1080개의 염주

성직자聖職者라고
인간의 삶 아닌
도인의 경지에 있는 것 아니다.

세끼 밥 먹고
범부가 행하는 일체의 행동
추구하는 이상만 다를 뿐

부처님 법 따르고
부처님 법을 전하며
속세인연에 가슴을 치는 이들
손잡아 이끌어주는 그런 사람

날마다 1080개 염주를 헤아리며
기도하고 명상하고
날마다 기쁜 날 만들려는 노력
엎드려 참회懺悔한다.

1080개의 번뇌와
1080개의 희망과
1080개의 참회록을 쓴다.

새날 새 희망
새로운 미래를.

호스피스병동에서

내 손 꼭 잡고 천수경 함께 외던 보살님
무섭다는 저승길
손자가 치는 목탁소리 따라 가셨다.

'스님, 저 열심히 살았어요.'
'예.'
'부처님 뵈면 뭐라고 해야지요?'
'살아오신 이야기만 들려주세요.'

문득, 무엇을 잃으셨을까?
눈 크게 뜨시고
방안 한 번 휘 돌아보시고는
빙그레 웃던 보살님
자신의 가슴위에
스님 손 가져다 감싸 안으시고
둥둥 구름을 타고 떠나셨다.

벚꽃 지던 4월 그날.

티베트의 언덕에서

주검을 버리는 바람언덕
스님들은 북을 치고
피리를 불어 영혼의 동반자 부른다.

돌담 가에 모여 앉은 독수리들
해체되는 주검을 살피고
한 점씩 물고 하늘을 날 준비를 한다.

턱!
해골을 부숴 찹쌀밥에 뭉쳐 경단을 만드는 손
그리고 훌훌 독수리들에게 던져주는 승려들
내가 온 곳이 없는데 가는 곳
어찌 알 수 있으랴.

조장鳥葬이다.
이승에서 얻은 육신
하늘로 돌려보내는 의식

티베트의 바람 골 언덕에서
눈물도 마른 망자의 유족들은
나무아미타불 부처님만을 의지해 염송한다.

묵묵히 조장 터로 인도하던 티베트의 개
내 얼굴바라보다 올라왔던 길로
나를 다시 인도하여 내려간다.
무념무상, 인간의 삶이 찰나이다.

돌 거북이 서원誓願

밤새 천둥 울고 간 날 새벽
법륭사 종루鐘樓 범종소리에 잠깬 돌 거북
관곡 지 연못에
홍련 백련 촛불 켜 놓았다.

'─하나, 둘, 셋, 넷……
백 다섯, 백 여섯, 백 일곱, 백 여덟.'

그것도 모자라 물속에 엎드려
꽃 촛대 세운 돌 거북.

투석하시는 할머니와
나들이 온 아기
다리의 힘 모자라
전동의자에 의지해 찾아온 아저씨
눈부신 간절한 서원誓願
내일 하늘을 다시 보는 것.

가끔 연밥 바람종이 풍경소리로 울고
물까치 딱 딱딱
목탁소리로 울 때
간절하면 내님 친견할 수 있을까

바람이 듣고 외우다 잃은 부처님 말씀
돌 거북은
진흙 속에서 찾고 있나보다.

편 지

어데서 왔을까 어디로 갈까
길 잃은 기러기 달빛만 찾는데
너에게 기대어 오래도록 말하고 싶지만
가로수 길에는 오늘도 바람만 일렁이네.

이 계절 지난자리 남겨진 자국 없고
물빛만 푸른 하늘 저 가장자리에
그리다 서러운 네 모습 지워지네.

우리들 푸른 기억의 저 편에서
누군가 기다릴까
나는 바람의 편지를 적네.

제 5 부

대숲에 이는 바람처럼

하기식下旗式

부대를 지나는 길목
하기식下旗式 나팔소리가 들려옵니다.
무심코 지나가는 사람들 사이로
가슴에 손을 얹은 아이.
철조망鐵條網 얹은
담장너머를 바라봅니다.

'－의젓하구나! 학교에서 배웠니?
'－스님, 저는 대한민국국민이니까요.'

고 요

눈 내린 보름밤
바람도 자고
등지느러미 뻰 물고기도
울다 지쳐 잠을 자나보다.

달빛 밟으면 바스락거리며
부서져 소리 날까

개울물만 깨지고 부서져
딩구는 소리
돌, 돌돌돌 비명소리에
잣나무가 이고 있던 눈을 떨어트린다.

무소유無所有의 실천

승려僧侶가 되면서 서약한 무소유
부모에게 받은 몸도
시주의 은혜로 마련된 도량도
내 것이 아닌 자비성중慈悲聖衆의 재산.

이승에 내놓을 수 있는 육신肉身이라도
나눔으로 보시할 수 있다면
내가 성취할 수 있는 최상의 보시布施.

유언장遺言狀도 쓰고
유·무상 재산도 가지지 않겠다는 서약
부처님이 보여주신 제행무상
우리가 실천해야 할 덕목

수행하며 포교하며
중생을 바로 이끌겠다는 다짐
부루나존자의 순교정신
가슴에 새깁니다.

염불念佛의 공덕功德

염불은 일심으로
쉼 없이
삼보와 이 땅에 오신 인연에 감사하며
날 저물고 번뇌 육신 고달파도
칭명염불稱名念佛은 한량없어라.

부처님 기피
내가 행한 대로 오는 법
이타 행 실천하며
나눔을 근본으로 걸어가면
부처님 영상회상 자리에도
화장세계華藏世界의 철대문도
활짝 열려 영접 받으리라.

부처님의 가르침
세상의 인연 하늘의 인연 맺을 법문
'자등명법등명'
내 스스로 깨우쳐 나가야 할 길
염불로 회향하리.
미래의 공덕 마음농사 지으리.

천수千手바라춤

신묘장구 대다라니 게송 외며
추는 천수바라춤
천수경千手經의 핵심이다.

불교의 의식무儀式舞 7가지
사다라니바라춤, 화의 재 바라춤
내림 게 바라춤, 요잡바라춤, 명 바라춤
관욕 게 바라춤
아, 천수바라춤에 하늘길이 열리고

지혜가 열리고
반야용선般若龍船의 구름배가 보이네.

천수경 다 못 외더라도
신묘장구 대다라니
일심으로 염송하면
풍물소리에 웃고 계신 그리운 사람
친견親見할 수 있으리니.

인간방생 人間放生

불교에서 큰 보시는 인간방생 人間放生
부처님은 '활인의'가 되라 하셨지.

목마른 자에게
감로수 한 잔 생명수가 되고
굶주린 사람에게
따뜻한 음식 한 접시 자양이 되어 힘을 주듯
인간방생은 3대 조상의 업장
소멸하는 길

기도의 공덕보다
육도윤회 중에 사람으로 태어나
고통 받는 인간들
쓰러진 자 일으켜 함께 걷고
목말라 하는 자

한 잔의 물이라도 나누는 보시布施의 공덕
사람이기에 할 수 있는 나눔이요
베풀 수 있는 일이다.

이승에서 할 수 있는
최상의 미래세상을 위한 투자이다.

내 수계 명 법공法空

유년시절 부모님 여의고
용화선원에서 처음 불연佛緣을 맺었다.

녹야원鹿野苑에서 받은 불명 법공法空
도안道安스님 내 눈에서
승려僧侶의 길 보셨을까.

보각선원에 만난 송산松山스님
염주念珠와 목탁木鐸 주셨지.
그제야 출가의 뜻 세운 목불木佛
두 해의 인연 접고 불이문不二門에 섰네.

일본에서 공부하시며
영양실조로 세 번이나 쓰러지신 그 스님
며칠 모시고 공양한 인연
염주 한 쌍.

중앙 승가대학장으로 바쁘신 중에도
마음공부 잘 되느냐고 묻던 스님.

내 곁에 계시던 큰스님들
부처님 일찍 부르서 가시고
시절인연 잡지 못한 불연종자佛緣種子
어릴 때나
성인이 되어서나 큰길을 가며 우네.

한국을 떠나는 아이들

미국행 비행기 안
새 부모 찾아 한국을 떠나는 아기들.
다시 고향 돌아올 수 있을까
낳아놓고도
기를 책임지지 않는 부모들
알면 얼마나 몸부림치며 울까?

파란 눈 코큰 어머니
피부도 다른 아버지 찾아
여행길 안내자인 어른들에 안겨 떠나는 길
내일은 젖 큰 엄마의 품에 안겨
버터 냄새나는 새엄마의 젖 먹고 있겠지.

지켜보는 이웃 동네 아저씨
얼마나 원망할까
내 얼굴 보며 방긋방긋 웃다가 우는 아기
가슴이 쓰려 기내식도 사양했다.

해외 입양

낯선 길 떠나는 아기들

얼마나 무섭고 두려 울까?

관세음보살을 외며 하늘 길 함께 했다.

시흥 군자봉 성황제

신라 마지막 임금 경순왕
망국의 설움 안고
군자봉 성황신城隍神이 되었다.

고려 초부터 이어온 전통 민속놀이
군자봉 성황제城隍祭
올곧은 서낭 대에 옷을 입히고 오방색 흘림 줄로 엮어
한 많은 역사의 아픔 풀어내던
서낭 대 돌리기.

문무대왕文武大王, 동해 용 구름이 되어 찾아오고
진평과 선덕여왕 바람결에
울고 가는 산언덕
사물소리가 메아리로 남는다.

신라의 영화와 빛나는 역사 그리워하던
국경근처 살던 백성들.
그 시절 임금님 성황신으로 받들고

매년 10월 초 하늘 맑은 날
군자봉 정상에 서낭대 세우고
봉화 올리며
하늘에 제祭를 올렸다.
시흥 군자봉 성황제

(의병제 참가작품)

비자나무

왕실 제사에도 올리던 귀한 열매
비자榧子
예로부터 사찰에 약제로 심던 나무.

혈압에도
마른기침과 천식에도
구충제로도 쓰이던 나무

절 살림 어려울 때는
열매 볶아서 죽으로 쑤어먹던 열매
왕실에서는 왕자 공주아가씨
봄이면 먹이던 생약열매.

화엄사華嚴寺 골 깊은 산자락에
군락 이루고 자라
지금은 오가는 관광객 주전부리로 팔리는 열매
스님들에게는 도토리와 함께
겨울을 나던 긴요했던 식량.

송소 고택

경북 청송군 파천면 덕천리
7개동 99칸의 송소 고택古宅
조선왕조朝鮮王朝의 왕비를 배출한
만석지기 심처대의 7대손 심호택의 본가本家이다.

숯을대문 앞에
엎드려 웃으며 반기는 해태상 뒤에
대문 발꿈치 밟고 선 청삽사리
시절인연時節因緣 따라온 풍객風客맞아
할미 탈 눈으로 절을 한다.

양반 사대부가의 온전한 주거 공간
사랑방이 17칸, 안방이 22칸, 찬모 방
손님맞이 공간과 생활공간으로 나눠진
전통가옥 체험 공간이 아늑하다.

문풍지 우는 바람벽 뒤에는
부녀자婦女子들의 모습을 감추려고 지은 헛담이 고고히 앉아있고
형제의 집으로 이어지는 꽃 담장 아래는

모란꽃, 옥매화가 길을 밝힌다.

마당가에 심겨진 꿀풀, 모시풀, 패랭이꽃
향나무와 은행나무 전나무 잎 푸르고
흙갈색 쌀뒤주 옆에도
정갈한 여인이 살피고 갔나?
돌단풍 핀 질그릇 화분花盆.

책방과 고방庫房 이어지는 마루 끝
장작불에 데워진 방안에 들어서니
아, 여기가 속가俗家고향집인가
넉넉한 시간의 고요가
어제의 혼魂을 깨운다.

제천堤川의 얼

산이 좋아 물이 맑아
예부터 청풍명월淸風明月의 고장이랬다.

의림지 제방 쌓아
삼국시대부터 치산치수 오랜 전통
사람중심(人)의 바른 선정은 중원의 으뜸

월악산月岳山, 금수산의 기상 닮았는가?
역사의 중심인물 충신열사忠臣烈士 시대의 빛이 되었고
불의에 항거하여 의연하게 일어선
호국護國의 맥박
자랑스러운 의병들.

호국의 혼 불 지핀 자양서사, 자양영당
전국 항일抗日 의병운동의 산실産室이었고
꺼져가는 민족혼을 깨우는 죽비였지.

의병장義兵將 유인석 장군과 원용달, 정운경 선생
나라위해 분연히 일어선 기개
중원中原의 정신이다.

신나는 일요일

1. 오늘은 신나는 법회 가는 날
   친구들과 노래하며 율동배우고
   스님의 법문을 듣는 즐거운 일요일
   발걸음도 가볍게 콧노래도 즐겁게
   친구함께 가는 절 법회 가는 날.

2. 오늘은 일요일 법회 가는 날
   법우들과 공부하며 노래배우고
   법사님의 법문 듣는 신나는 일요일
   손을 잡고 뛰어가 누가먼저 가는가
   친구함께 가는 절 법회 가는 날.

한·일청소년교류韓·日青少年交流

만나면 반갑고
헤어지려면 아쉬워 다시 돌아보는 만남
노래로 하나가 되고
미소로 반가운 마음 여는 아이들.

현해탄 건너 낯선 풍경에도
손잡고 우리 역사 되새겨보고
어른들이 만든 역사
뜨거운 가슴으로 헤아리는 아이들

과거의 역사보다
이들이 살아갈 미래의 세계
불씨를 만드는 만남
바다를 태우고
하늘도 태울 수 있으리.

천안함 순국 용사들을 기리며

아, 기억도 새로운 바다위의 참사
어뢰魚雷의 기습공격에
속절없이 당해야만 했던 그 날

진정 악랄한 적에 맞서
전투라도 해보고 쓰러졌더라면
한恨이야 없었을 것을

복수의 한은 이승을 지나
구천에 이르고
원수怨讐의 두 눈에 장약裝藥을 채워도 모자랄
한 맺힌 유가족遺家族의 눈물
이제 바람이 되었다.

아는가? 후배들이여
망각忘却하지 마라. 우리 적이 누구인가를
남북분단 이후 한순간이라도
전선이 조용했던 적이 있었는가?

김일성 왕조 무너지던 날
구천을 헤매던 우리의 용사들
비로소 긴 안식安息의 꿈을 꾸리.

팥죽 한 그릇

요양원療養院에 투병중인 공양주供養主 보살
동짓날 팥죽 드셨을까
부처님과 나한님들께 올리고
발우鉢盂에 나눠 들고 갔더니
꿈에 나한羅漢님과 팥죽 끓이셨다 하신다.
'나무관세음보살.'

"이승에 올 수 있다면 스님을 시봉하고 싶어요."
"제가 은혜만 입었는데요."

투병 중에도 일심一心으로
공양供養일 생각하신 보살님.
동치미 한 그릇
팥죽 한 그릇 비우시고
그날 밤 부처님 곁으로 가셨다.

가족들 사고로 모두 잃고
밤새 통성 기도하던 그 보살님
절집 일 돕기 6년
생사의 윤회를 넘어 미륵彌勒의 품에 안기셨다.

동 지

외방의 절 살림 넉넉한 것도 아니어서
공양주供養主 두 계절 전부터 팥 사 들이고
찹쌀도 주문하고
팥죽그릇도 넉넉하게
없어도 부족함이 없게 준비하지.

사문寺門밖에 발자국소리
바람길 문턱이 없어도
사방사방 부처님 향한 일심
관음의 심장 뛰는 소리 듣고 있네.

천지사방 조왕신?王神까지 불러
인사하다보면 하루도 바빠
나한전 5백 나한님들
배고프신 줄도 모르고
사천왕발치에 팥죽 한 그릇 먼저 공양하네.

밤도 이슥한 동지
배부른 포대화상 좌정하여 조는 절 마당
굴뚝새들 날아와 식은 죽 그릇만 바라보고
서리 내린 동백나무 잎들이
오소소 옷깃을 터네.

속옷을 기우며

승려僧侶의 망중한
속옷 깁고 빨래하는 날
'직물 옷, 만원이면 몇 장 사는데 왜 깁고 계세요.'
'구질구질해 보여요 스님.'
청소년靑少年들이 많은 절이라
아이들 보면 그런 소리 할까봐
야밤에 바늘을 든다.

세탁기洗濯機에서 탈수脫水와 건조시킨 세탁물
내의內衣와 작업복作業服 탈탈 털어 안고 와서
퍼보고, 메우고, 깁고, 개서
갈무리한다.

유년시절幼年時節 세상 등지신 부모님
얼굴 기억도 없고
핏덩이 챙겨 기초교육基礎教育이라도
마치게 해주신 보살님
성긴 인연이 은하수銀河水처럼 멀다.

칠월백중七月百中이면 은혜 감사의 마음
이 땅에 태어나시게 한 인연
고마움에 명부전冥府殿에 절 올리고
시방세계 부처님 명호名號를 부른다.

속옷을 깁고
양말을 기우며
모습도 아련한 어머니
살아계셨으면 촘촘한 눈으로 내 속옷
만져주실 다정한 눈길이 그립다.

게첩揭帖 속에 간직한 관음도觀音圖를 다시 꺼내본다.
새벽하늘이 밝아온다.

백양사의 인경소리

초판인쇄 · 2016년 6월 2일
초판발행 · 2016년 6월 10일

지은이 | 법공 스님
펴낸이 | 서영애
펴낸곳 | 대양미디어

출판등록 2004년 11월 제 2-4058호
04559 서울시 중구 퇴계로45길 22-6(일호빌딩) 602호
전화 | (02)2276-0078
팩스 | (02)2267-7888

ISBN 978-89-92290-98-2 03810
값 13,000원

＊지은이와 협의에 의해 인지는 생략합니다.
＊잘못된 책은 교환해 드립니다.

이 도서의 국립중앙도서관 출판예정도서목록(CIP)은 서지정보유통지원시스템 홈페이지
(http://seoji.nl.go.kr)와 국가자료공동목록시스템(http://www.nl.go.kr/kolisnet)에서
이용하실 수 있습니다.(CIP제어번호 : CIP2016012927)